W0401862

HANA

Retrouvez toutes nos éditions manga BL :

www.boys-loves.fr

Nos sorties digitales BL :

www.hana-book.fr

Et toute l'actualité des éditions HANA sur nos réseaux sociaux :

@Editions_Hana

Hotaru mourra demain

HANA

www.boys-loves.fr

Traduit du japonais par Laurie Asin
Maquette : Justine Mouron
Assitante d'édition : Maeva Paino
Responsable Editorial & Production : Tony Mr P

Dépot légal : Mars 2022
ISBN 978-2-38276-105-2
ISSN 2743-4435

Imprimé par GZ Digital Media as

BISOU
Nimiya-kun m'a fait un bisou !
J'ADORE QUAND TU DIS CE GENRE DE CHOSES.
J'AI ENVIE DE LE FAIRE PLEIN DE FOIS !
HIHI ! OK.
ROUGIIIIIIT
WOOO-OOOO-OOOOH !
Je l'aime !
end

JE NE SAVAIS PAS QUE TU TE PRÉPARAIS POUR MOI, AVANT...
!!!
MMH...
BOBOM
MERCI...
À PARTIR DE MAINTENANT, ON FERA ÇA ENSEMBLE, OK ?
JE VEUX LE FAIRE AVEC TOI.

BOBOM
BOBOM
JE T'AIME,
NIMIYA-KUN.
BOBOM
FLAP
FLAP
GRIP
BOBOM
GRIP
AH...
J'AI JOUI SANS MÊME ME TOUCHER.
SURSAUTE
BOBOM
PAF
TREMBLE
AAH...
PAF
BOBOM
PAF
BOBOM
AH...
AAH...
C'EST DINGUE... ÇA NE S'ARRÊTE PAS !
AAAH !
BOBOM
BOBOM
AAH... NE DURCIS PAS AUTANT...
DÉSOLÉ.
ROUGIIIT

BOBOM
BOBOM
BOBOM
ASADA...
JE T'AIME.
AAAH !
PAF
FLAP
FLAP
FLAP
DÉSOLÉ ! ÇA VA ?
HAA...
HAA...
PAF
PAF
AAH...
HAA...
HAA...
C'EST TROP BON !
CRIIC
HAA...
CRIIC
PAF
PAF
PAF
CRIIC

AAAH... TU ES ADORABLE...
FLOUP
FLOUP
FLOUP
AH...
NH...
FLOUP
FLOUP
FLOUP
MERCI DE ME TOUCHER.
FLAP
FLAP
C'EST AGRÉABLE ?
BISOU
BISOU
BISOU
OUI...
BOBOM
FLAP
HAA
FLAP
HAA
HAA...
J'Y VAIS...
NH...
AAH...
FRISSON
FRISSON

JE ME SUIS LAVÉ MAIS JE NE ME SUIS PAS PRÉPARÉ,
BISOU
C'EST VRAI QU'IL EST PLUS SERRÉ QUE D'HABITUDE...
J'AI DU MAL À RENTRER UN DOIGT.
FUIP
ALORS ÇA NE RENTRERA PEUT-ÊTRE PAS TRÈS FACILEMENT...
D'ACCORD.
« Et pourtant, toi, tu le pénètres comme si de rien n'était. »
JE COMPRENDS,
C'EST PARCE QU'IL SE PRÉPARAIT, AVANT.
BOBOM

BOBOM
BOBOM
Aujourd'hui, je veux faire l'amour avec lui !
GLOUPS
BOBOM
BOBOM
Ne sait pas où mettre sa main.
CARESSE
SURSAUTE
ROUGIIIIIT
Merde, il est trop mignon !!!
JE... JE VOUDRAIS... FAIRE L'AMOUR... AVEC TOI...
ROUGIT
DÉSOLÉ D'ÊTRE UN PERVERS..
OK...

PARFAIT, TU AS TOUT BON !
TROP BIEN !
C'EST VRAI ?!
OUI ! TU MAÎTRISES LA GRAMMAIRE ANGLAISE, MAINTENANT !
.....
AH...

MOI AUSSI, JE VAIS FAIRE COMME NIMIYA
HAA...
ET TROUVER QUELQU'UN DONT TOMBER AMOUREUX !
!?
HEIN ? ÇA VEUT DIRE QUOI, ÇA ?
AMOUREUX ? T'AS BIEN DIT AMOUREUX ?
TU CRIES TROP FORT, MIKAMI.
ALORS ?!
HÉ, ALLEZ, DIS-MOI !!!
ALLEZ, ALLEZ !
end

RÊVEUR
ボ
AH ! C'EST TOI, OHNO !
HA HA HA HA !!!
QUOI ? QU'EST-CE QU'IL Y A DE DRÔLE ?
QU'EST-CE QUI SE PASSE ?
PFF...
Je suis vraiment...
RIEN, LAISSE TOMBER.

MERCI DE M'AVOIR POUSSÉ À ME RAPPROCHER DE NIMIYA.
JE VAIS PRENDRE BIEN SOIN DE LUI !

ÇA VEUT DIRE QUOI, ÇA ?!
De quoi tu parles ?
DÉSOLÉ, C'ÉTAIT INSTINCTIF.
BON, À PLUS.
AH ! ATTENDS, OHNO !
JE VOULAIS M'EXCUSER !
HEIN ?
JE NE ME SUIS JAMAIS EXCUSÉ DE T'AVOIR FRAPPÉ…
AH… EUH… JE T'AI FRAPPÉ AUSSI, JE TE RAPPELLE…
Plein de fois, d'ailleurs.
ET PUIS,
FUIP

EN CE MOMENT, ON ÉTUDIE ENSEMBLE. POURTANT, IL DÉTESTE RÉVISER !
Moi, j'adore ça.
AH...
JE SUIS TROP CONTENT,
ASADA M'A COMPLIMENTÉ EN DISANT QUE MES FICHES ÉTAIENT SUPER BELLES.
ROUGIT
AH... TANT MIEUX...
JE LE SAVAIS DÉJÀ, ÇA.
Je le savais avant Asada !
NIMIYA, DÉSOLÉ DE T'AVOIR FAIT ATTENDRE !
ARGH ! OHNO...
AH...
EH !

Bye bye !
QU'EST-CE QUE TU FAIS ?
TAP
J'ATTENDS ASADA.
AH... VOUS ALLEZ QUELQUE PART ?
OUI, ON VA MANGER UN PARFAIT AU MATCHA !!!
AH BON... C'EST VRAI QUE TU ADORES TOUT CE QUI EST AU MATCHA, TOI.
C'EST QUOI, ÇA ?
NOTE BOOK
J'AI FAIT DES FICHES DE RÉVISION
POUR LES MATIÈRES DANS LESQUELLES ASADA A DU MAL.

NIMIYA,
JE...
JE...
DIS-MOI,
TU ES VRAIMENT AMOUREUX D'ASADA ?
.....
OUI, JE L'AIME VRAIMENT.

Non.
FLOUP
MMH...
YUU ?
TU ES LÀ, YUU ?
Désolé, je dormais.

CRIIIC

UN GRAIN DE BEAUTÉ...
Je ne comprends pas tout, mais Nimiya fait semblant d'être cette fille imaginaire
et il se fait baiser à sa place ?

CLAC
OUPS !
Mince...
J'AI TAPÉ DANS SON...
AH...
SAC...
0.03
0.03
Aaah...
Alors il couche vraiment avec lui.

AH, YUUTA-KUN !
Bonsoir.
C'EST DE LA PART DE MA MÈRE.
C'EST VRAI ?! MERCI BEAUCOUP !!!
IL EST AU PREMIER ÉTAGE, TU N'AS QU'À ALLER LE VOIR !
D'ACCORD, MERCI.
TCHAC
NIMIYA !
AH, IL DORT...
ZZZ
ZZZ
ZZZ

JE PEUX…
CE N'EST PAS POUR ÇA.
C'EST PARCE QUE C'EST ASADA, C'EST TOUT.
QUOI ?
ÇA VEUT DIRE QUOI, ÇA ?

HÉ, TU NE VEUX PAS ROMPRE AVEC ASADA ?
SCHRIC
HEIN ?
BIEN SÛR QUE NON, JE NE VEUX PAS ROMPRE.
Tiens.
Merci
POURQUOI ?
COMMENT ÇA, POURQUOI ?
PARCE QUE JE L'AIME.
OUI, MAIS...
ASADA, LUI, IL AIME QUELQU'UN D'AUTRE.
JE SAIS.
ET VOUS ÊTES DEUX GARÇONS.
OUAIP.
SI C'EST PARCE QUE TU PRÉFÈRES LES MECS,

Mais, contrairement à ce que j'imaginais,
cet été-là,
Nimiya et Asada
se sont mis à sortir ensemble.
ALORS ÇA NE TE DÉRANGE PAS D'ÊTRE « HOTARU » POUR LUI ?

MÊME...
MÊME SI NIMIYA IMITE À LA PERFECTION HOTARU,
ÇA RESTE QUAND MÊME DEUX GARÇONS.
Il va souffrir.
MIEUX VAUDRAIT QU'IL LAISSE VITE TOMBER CETTE IDÉE...

.....
AH BON... C'EST QUI ?
UN TYPE DE LA CLASSE 6, IL S'APPELLE ASADA...
JE LE CONNAIS ?
ASADA...
HEIN ?
SANEATSU ASADA.
ET... J'AI ENVIE DE TOUT FAIRE POUR LUI PLAIRE.
Quoi ?

FSHHHH
POUR UNE TEINTURE ACHETÉE EN MAGASIN, ÇA REND VRAIMENT BIEN SUR DES CHEVEUX DÉJÀ DÉCOLORÉS.
T-CHAC
MERCI, YUU !
.....
Ouah, c'est fou, cette couleur...
POURQUOI TU AS VOULU TE TEINDRE LES CHEVEUX ?
ET TU METS DES LENTILLES DE CONTACT...
HEIN ?
Et même des piercings...
CE GENRE DE TRUCS NE T'A JAMAIS INTÉRESSÉ, JUSQU'À MAINTENANT...
CRIIC
EN FAIT,
JE SUIS...
AMOUREUX DE QUELQU'UN.
ROUGIT...

Nimiya était mon premier amour.
BONJOUR, NOUS SOMMES LA FAMILLE NIMIYA ! NOUS VENONS DE DÉMÉNAGER À CÔTÉ.
ET NOUS SOMMES LA FAMILLE OHNO.
JE VOUS AI RAPPORTÉ UN PETIT CADEAU.
OH, IL NE FALLAIT PAS !
OUAH...
IL EST TROP MIGNON !

Hotaru
mourra demain

Des cheveux roses,
des piercings rouges,
des yeux de chat,
un grain de beauté
au coin de la bouche...

À la fin de l'été,
Hotaru est morte.
end

ROULE

DIS-MOI, NIMIYA-KUN, QU'EST-CE QU'IL Y A ENTRE TOI ET OHNO ?
HEIN ?!
C'EST MON AMI D'ENFANCE, POURQUOI ?
Pourquoi tu me demandes ça ?
MERDE ! JE LUI AI DIT QUE JE NE VOULAIS PAS QU'IL TE VOLE À MOI...
ARGH
HEIN ?
JE PENSAIS QU'ON ÉTAIT RIVAUX...
OH...
JE...
ROUGIT
JE VOIS...
AH ?!
OUAH !
GRIP
AH...
ASADA...

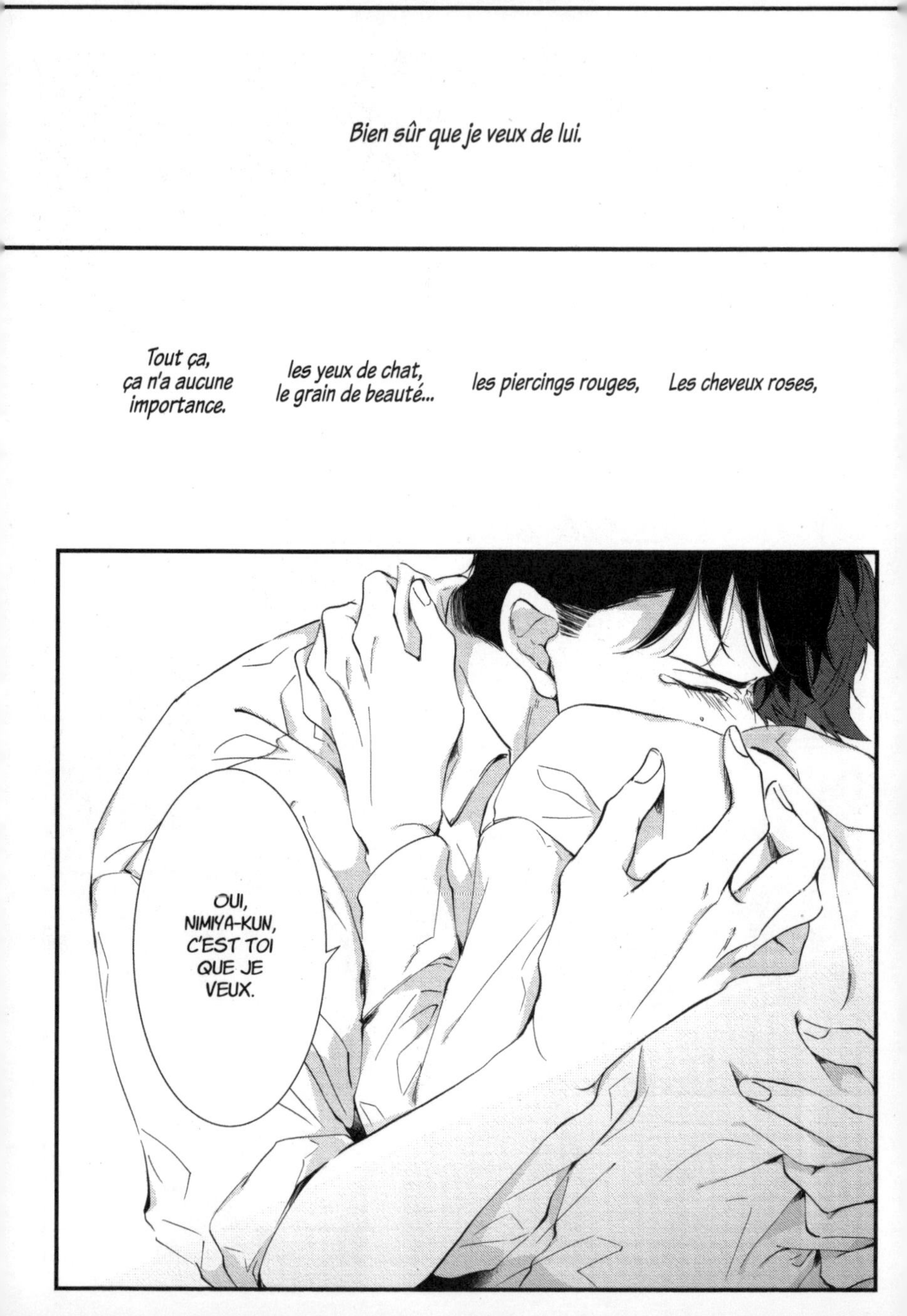
Bien sûr que je veux de lui.
Les cheveux roses,
les piercings rouges,
les yeux de chat, le grain de beauté...
Tout ça, ça n'a aucune importance.
OUI, NIMIYA-KUN, C'EST TOI QUE JE VEUX.

!!!
TU VEUX BIEN DE MOI
HIC...
HIC
MÊME SI JE NE SUIS PAS HOTARU ?
HIC

TU NE RESSEMBLES PLUS DU TOUT À HOTARU, LÀ, MAIS JE T'AIME QUAND MÊME ÉNORMÉMENT.
HI HI
JE VEUX TOUT SAVOIR DE TOI. JE VEUX QUE TU ME MONTRES TOUT,
À MOI SEUL.
À PRÉSENT,
JE NE TE LAISSERAI PLUS T'ÉLOIGNER DE MOI.

NIMIYA-KUN,
REGARDE-MOI.
GRIP
JE SUIS TELLEMENT HEUREUX
QUE TU NE SOIS PAS HOTARU !

ビクッ
SURSAUTE

ぼろ
PLIC
JE NE PEUX PLUS ÊTRE HOTARU !
ぼろ
PLIC
ぼろ
PLIC
ぼろ
PLIC

MAIS DANS LA RÉALITÉ, JE PORTE DES LUNETTES,
JE SUIS RINGARD,
JE PASSE MON TEMPS À RÉVISER...
JE JOUAIS LES TRAÎNÉES
MAIS TU ES LA SEULE PERSONNE AVEC QUI J'AI JAMAIS COUCHÉ.
JE SUIS DÉSOLÉ MAIS
JE NE PEUX PLUS.

COMME SI...
C'ÉTAIT DE MOI QUE TU ÉTAIS AMOUREUX.
FSCHHHHH

C'ÉTAIT PRESQUE...

LE GRAIN DE BEAUTÉ, JE L'AVAIS DÉJÀ.
JE ME SUIS DÉCOLORÉ LES CHEVEUX EN ROSE ET J'AI MIS DES PIERCINGS POUR LUI RESSEMBLER.
J'AI ATTENDU QUE TU ROMPES AVEC TA COPINE
ET J'AI JOUÉ LES TRAÎNÉES POUR TE SÉDUIRE.
TU M'AS TOUT DE SUITE PRIS POUR HOTARU, HEUREUSEMENT...
ON A DISCUTÉ ENSEMBLE, TU M'AS EMMENÉ DANS DE NOMBREUX ENDROITS,
ON A... ON A FAIT L'AMOUR PLEIN DE FOIS
ET...
QUAND ON ÉTAIT À DEUX, COMME ÇA,

Ça va ?
Je l'aime.
Je voudrais qu'Asada tombe amoureux de moi.
Je l'aime.
Je l'aime !
Je voudrais devenir Hotaru.
Hotaru...
Yuu,
j'ai un service à te demander.
Hum ?

ROUGIIIIIIT
Je suis tombé amoureux en un instant.
Il...
Il a souri !
?
C'est qui, ce type ? Tu le connais ?
TREMBLE

Tiens,
si tu veux te réchauffer.
Ah...
Euh...
.....
Il doit se dire que je suis bizarre.
BOBOM
Merci beaucoup ! Comment tu t'en es rendu compte ?
Tu me sauves la vie !
Il fait super froid, aujourd'hui !

Ah !
FRISSON
Il lit encore.
Il gèle, aujourd'hui, mais il est dehors quand même ?
Nimiya ?
Il est vraiment amoureux d'elle !
Hotaru a de la chance d'être aimée à ce point.
ATCHOUM
Aah...
Il va attraper un rhume...

JE TE VOYAIS SOUVENT À LA BIBLIOTHÈQUE
ET JE ME SUIS VITE RENDU COMPTE QUE TU LISAIS TOUJOURS LE MÊME LIVRE.
Tu avais une expression si tendre, en le lisant...
On dirait qu'il est amoureux.
Le voilà !
OUAH !
OUAH !
QUAND J'AI LU L'HISTOIRE, J'AI ÉTÉ VRAIMENT CHOQUÉ DE VOIR QU'IL Y AVAIT TANT... DE SEXE.

PARCE QUE J'AI TOUT FAIT POUR DEVENIR HOTARU.
QUOI ?
QU'EST-CE QUE ÇA VEUT DIRE ?
AU DÉBUT,

JE LE SAVAIS...
J'ÉTAIS AU COURANT QUE TU ME PRENAIS POUR HOTARU.
JE SAVAIS TOUT.
HEIN ?

JE SUIS DÉSOLÉ.
JE REGRETTE DE T'AVOIR PRIS POUR HOTARU.
JE COMPRENDS QUE TU SOIS EN COLÈRE CONTRE MOI
MAIS, TU SAIS, NIMIYA-KUN,
JE SUIS VRAIMENT, SINCÈREMENT...
ASADA.

NIMIYA-KUN !
TOURNE
?!
EUH...
C'EST BIZARRE, SON AURA EST DIFFÉRENTE.
Ses cheveux...
AH...
EUH...

Où est-ce qu'il pourrait être ?
AH !
WHAM
Bibliothèque
NIMIYA-KUN, TU ES LÀ ?
NIMIYA-KUN !
HAA...
HAA...
Je pensais vraiment qu'il serait ici...
ASADA.

QU'EST-CE QUE TU VAS FAIRE ?
JE VAIS ALLER LUI PARLER !
CLAC
HÉ, ASADA ! LE COURS VA COMMENCER !
HÉ !
QUEL EMMERDEUR...
HAA...
NIMIYA-KUN ?
OUI, IL EST LÀ ?
SON SAC EST LÀ, MAIS PAS LUI.
Il est parti quelque part.
OK, MERCI...

JE...
JE VEUX APPRENDRE À MIEUX LE CONNAÎTRE.
ET DONC ?

JUSQUE LÀ, JE N'AI JAMAIS RETENU MES EX-COPINES QUAND ELLES S'EN ALLAIENT
MAIS JE FERAI TOUT POUR GARDER NIMIYA-KUN.
GRIP
ET IL EST HORS DE QUESTION QUE JE TE LE LAISSE, OHNO !

HEIN ? ET ALORS ?
ET S'IL ARRÊTAIT DE RESSEMBLER À TON PERSONNAGE,
TU TE METTRAIS À LE DÉTESTER PEUT-ÊTRE ?
CLAC
NON ! JE SUIS AMOUREUX DE LUI !

IL EST TROP MIGNON.
OUI, HEIN ?
DOMMAGE QUE TU SOIS SUR LA PHOTO, OHNO.
PAR-DON ?!
BONG
OUAH ! QU'EST-CE QUI T'ARRIVE ?!
J'ÉTAIS AMOUREUX D'UN PERSONNAGE DE LIVRE,
JE CHERCHAIS QUELQU'UN QUI LUI RESSEMBLAIT
ET C'EST COMME ÇA QUE JE SUIS TOMBÉ AMOUREUX DE NIMIYA.

QUE TU T'ES FAIT PLAQUER PAR NIMIYA ?
OUAH !
TA GALERIE EST PLEINE DE PHOTOS DE NIMIYA, DIS DONC !
Dégueu.
TAP
TAP
FOUS-MOI LA PAIX !
TIENS, JE VAIS TE MONTRER UNE PHOTO QU'ON A PRISE ENSEMBLE, AVEC NIMIYA.
WHAM
OOOOOH
!!!

Nimiya-kun
Hier
yonda
Appel
yonda
Bonne nuit
Aujourd'hui
7:03
Nimiya-kun
Bonjour
Viens à la bibliothèque pendant la pause déjeuner. Je t'attendrai.
Salut !
Salut !
HAAA...
« HOTARU MOURRA DEMAIN. » ?
ÇA VEUT DIRE QU'IL VEUT ROMPRE AVEC MOI, C'EST ÇA ?
IL M'EN VEUT DE L'AVOIR PRIS POUR HOTARU.
IL ME DÉTESTE, MAINTENANT ? OU ALORS, IL S'EST LASSÉ DE MOI ? OU BIEN...
POURQUOI TU DÉPRIMES ?
NE ME DIS PAS...

Hotaru

mourra demain

ÇA Y EST, TU ES PRÊT À LE FAIRE ?
OUI.
DÉPÊCHE-TOI,
YUU.

KSSS
HOTARU
MOURRA DEMAIN.

Elle
KSSS
NIMIYA...
KUN ?
KSSS
KSSS
KSSS

BOBOM

KSSS
FUIP
KSSS
KSSS
......
QU'EST-CE QUI T'ARRIVE ?
GRIP
DIS-LE-MOI...

KSSSSS
MH...
LES CIGALES FONT UN DE CES BOUCANS !
KSSSS
KSSSS
NIMIYA-KUN,
BONJOUR !
KSSSS

C'ÉTAIT IN-
CROYABLE...
Elle
Elle

BOBOM
PAF
NNH...
AAH !
BOBOM
PAF
HAA...
JE NE TIENS PLUS.
HAA...
JE VAIS PRENDRE BIEN SOIN DE TOI.
HAA...
JE N'ARRIVE PAS À CROIRE QUE TU ACCEPTES DE COUCHER AVEC MOI, NIMIYA-KUN...
C'EST FOU...
HAA...
JE T'AIME.

HAA
HAA
HAA
C'EST LA PREMIÈRE FOIS QUE JE TE VOIS NU, NIMIYA-KUN.
FLAP
AH
AH
AAH
FLAP
C'EST DINGUE...
OUAH !!!
AH, VOILÀ LE GRAIN DE BEAUTÉ... SI OHNO EST AU COURANT, ÇA VEUT DIRE QU'ILS ONT COUCHÉ ENSEMBLE ? AAAH, MERDE !
Trop sexy...
ÇA VA ? TU VEUX QUE JE ME RHABILLE ?
NON, POURQUOI ?!
JE T'AIME.
JE VEUX VOIR TON CORPS ENTIÈREMENT NU.

AUJOURD'HUI, JE VEUX QUE TU TE DÉSHA-BILLES EN-TIÈREMENT.
FLOUP
S'IL TE PLAÎT.
TON CORPS
EST TROP SEXY...
CRIIC

MAIS MAINTE-NANT,
CELUI QUE J'AIME PLUS QUE TOUT AU MONDE,
C'EST TOI, NIMIYA-KUN.
.....
J'AI ENVIE...
DE FAIRE L'AMOUR...

VOICI LA FILLE QUE J'AIME.
......
CRIC
C'EST UN PERSONNAGE DE ROMAN.
J'AI LU CE LIVRE POUR LA PREMIÈRE FOIS QUAND J'ÉTAIS AU COLLÈGE
ET JE SUIS TOMBÉ AMOUREUX D'ELLE.
JE CHERCHAIS DES GENS QUI LUI RESSEMBLAIENT ET JE LES COMPARAIS.
JE SAIS QUE C'EST CRUEL
MAIS J'ÉTAIS VRAIMENT AMOUREUX D'ELLE.

HEIN ? JE SAIS BIEN. MOI AUSSI, J'EN AI UN !
C'EST PAS ÇA !
C'EST QUOI, ALORS ?!
ASADA, TU ES AMOUREUX D'UNE FILLE, PAS VRAI ?
ON N'A QU'À LE FAIRE COMME D'HABITUDE.
QUAND TU ME PRENDS PAR DERRIÈRE ET ENCORE À MOITIÉ HABILLÉ...
« Je suis amoureux de quelqu'un et vous vous ressemblez beaucoup, toi et elle. »
JE SUIS VRAIMENT MINABLE.
HEIN ?
Haa...
C'EST POUR ÇA QUE JE NE SAVAIS PAS QUE TU AVAIS UN GRAIN DE BEAUTÉ À L'INTÉRIEUR DE LA CUISSE !
SEEEERRE

浅田
HH...
HAA...
AH...
NON, NE ME DÉSHABILLE PAS.
POURQUOI ?
PARCE QUE... JE SUIS UN MEC, J'AI UN PÉNIS.

TIENS, ASADA.
TCHAC
MERCI.
SPLAAASH
OUAAAH !!!
HA HA HA
NIMIYA-KUN ! TU L'AS SECOUÉE, PAS VRAI ?! J'EN AI DANS LE NEZ !
Ça fait mal !
SNIFT

NIMIYA-KUN ! TU VEUX JOUER AU BEACH-VOLLEY ?
OUAIS, JE VEUX BIEN !
ÇA IRA, AVEC UN BALLON DE FOOT ?
OUI, C'EST UN DE CEUX QU'ON N'UTILISE PLUS.
Y'a un trou dedans.
FLOUP
MAIS ON VA PAS POUVOIR JOUER AVEC ALORS, SI ?
C'EST CLAIR !
HA HA HA
OH, LA FERME...
MIKAMI, T'ES VRAIMENT DÉBILE !
ON VA ALLER JOUER AU FUTSAL PRÈS DE LA GARE !
À plus !
OK !
Bye bye !
SPLASH

T'AS ENVOYÉ DE L'EAU PARTOUT !
PAS AUTANT QUE TOI, ASADA.
HA HA HA !!!
C'EST SUPER AGRÉABLE !
OUAIS !

NIMIYA-KUN !
UN VRAI GAMIN...
IL EST ENTRÉ DANS LA PISCINE DIRECT, LUI...
AH ! NIMIYA-KUN ?!
SPLASH
HAA...

Dépêche-toi !
BROU HAHA
C'est trop agréable !
BROU HAHA
Attends, je sais pas nager !
Tes sérieux ?
NIMIYA-KUN, TU N'AS PAS DE MAILLOT DE BAIN, PAS VRAI ?
JE VAIS TE PRÊTER MON SURVÊTEMENT DE SPORT.
MERCI, C'EST GENTIL.
SPLASH
OUAH !!!
PLIC
HA HA HA HA !!!

VIENS !

ASADA ! NIMIYA-KUN !
SCHLACK
OUAH !
QU'EST-CE QU'IL Y A ?
Tu m'as fait peur !
LE CLUB DE NATATION EST PARTI À UN TOURNOI, AUJOURD'HUI, ALORS ON EMPRUNTE LA PISCINE !
HÉ HÉ !
SÉRIEUX ?!
HEIN ?! MAIS... ON N'A PAS LE DROIT, SI ?
T'INQUIÈTE PAS !
ON NE SE FERA ENGUEULER QUE SI ON SE FAIT PRENDRE.
VIENS, NIMIYA-KUN !!!
GRIP

ET DU COUP,
IL AVAIT TELLEMENT CHAUD QU'IL EST ALLÉ ACHETER UN NOUVEAU MATELAS !
AH, UN DE CEUX QUI ONT UN SYSTÈME DE RAFRAÎCHIS-SEMENT ?
OUAIS, VOILÀ !!!
HA HA HA HA
MAIS APRÈS, IL A ATTRAPÉ UN RHUME !
Parce qu'il avait trop froid !
EUH...
DIS...
MH ?
JE...

ALORS, DANS CE CAS, TU DOIS TOUT DIRE À ASADA.
TU NE PEUX PAS RESTER COMME ÇA.
OUI...

DE QUOI TU PARLES ?
TU LE SAIS TRÈS BIEN.
AH...
J'AI PAS ENVIE DE ROMPRE !!!
GRIP
HAA...
Sérieux ?
LÈVE
YUU...

HO HO HO !!!
MMMH...
C'EST POURTANT TOI QUI N'ARRÊTAIS PAS DE RÉPÉTER « HOTARU, HOTARU ».
JE SUIS SURPRIS.
Mais tant mieux.
Mmh...
LA FERME.
ET JE T'AI DÉJÀ DIT D'ARRÊTER DE ME DONNER DES COUPS DE PIED.
PAF
PAF
BON, ALORS...
QU'EST-CE QUE TU VEUX FAIRE ?

AH ! VOILÀ L'ABRUTI.
C'EST QUI QUE TU TRAITES D'ABRUTI ?!
Bonjour, au fait.
C'est pas sympa !
Bonjour.
ÇA VA MIEUX, DEPUIS HIER ?
OUAIS, ÇA VA...
J'AI ENFIN EU L'HONNEUR DE DISCUTER AVEC HOTARU-KUN !
NIMIYA.
HEIN ?
??
SON NOM, C'EST NIMIYA, PAS HOTARU.
!!!
MMMH

CLAC
C'EST LE LIVRE QUE TU TRIMBALLES TOUJOURS AVEC TOI ? TU NE LE PRENDS PAS ?
NON.
JE N'EN AI PLUS BESOIN.

Hotaru
mourra demain

ZZZZ
ZZZZ
En regardant son dos se soulever doucement quand il respirait,
j'avais envie de tout lui promettre.
ZZZZ
ZZZZ

VIENS, ASADA,
ON RENTRE.
OK...
Cette nuit-là, j'ai un peu pleuré en cachette.
Je me suis endormi en serrant Nimiya-kun contre moi.

GRIP
JE SUIS DÉSOLÉ.
CÂLIIIIN
O... OK...
PLIC

Aaaah...
FUIP
Je ne veux pas qu'on se sépare.
C'EST TROP TARD POUR LE RATTRAPER ?
OUI, SANS DOUTE
MAIS...
EST-CE QUE J'AI LE DROIT DE LUI DIRE ÇA ?

CLAC

NE PARS PAS !
NE PARS PAS AVEC OHNO ! RESTE AVEC MOI !
NIMIYA-KUN !
NIMIYA !

JE TE L'AI RAMENÉ.
MERCI...
VIENS, ON RENTRE !
LÈVE
AH... OK...
YUU, ÇA VA ?
EUH...
NIMIYA !
HAA...
BON, BEN...
NE...

......
TON SAC,

Infirmerie
Ah...
TE VOILÀ,
NIMIYA-KUN.
JE M'APPELLE MIKAMI, C'EST MOI QUI T'AI CONTACTÉ AVEC LE PORTABLE D'ASADA.
DÉSOLÉ DE T'AVOIR DÉRANGÉ MAIS COMME ILS SE SONT BATTUS À CAUSE DE TOI...
NON, C'EST MOI QUI SUIS DÉSOLÉ D'AVOIR CRÉÉ DES PROBLÈMES.
OUAH, C'EST « HOTARU » EN CHAIR ET EN OS !
IL EST SUPER POLI !
Je me sens coupable d'avoir dit du mal de lui.
J'AI MIS DU SPARADRAP SUR LEURS BLESSURES !
AH, D'ACCORD...
JE TE LAISSE GÉRER CES DEUX IDIOTS !
Je vais au club, moi.
D'ACCORD, MERCI.

NON !
C'EST NIMIYA-KUN QUE J'AIME !
.....
TCHAC
LA
LA
LAAA
OUAH !
QU'EST-CE QUI SE PASSE, ICI ?! UNE BASTON ?!
SURSAUTE

PAF
EH !!!
GH
GRIP
!!!
Haa
POURQUOI T'ES EN COLÈRE ?
JE CROYAIS QUE T'AIMAIS LES TRAÎNÉES.

PAF
CLAC
ÇA FAIT MAL, PUTAIN !

GRIP
IL SE CONTRACTE HYPER FORT.
GRR
GRIP

AÏE !!!
GRIP
QU'EST-CE QUE TU F...
EH OUAIS !
ÇA FAIT MAL, HEIN ?
ET POURTANT, TOI, TU LE PÉNÈTRES COMME SI DE RIEN N'ÉTAIT.
PAR-DON ?
NIMIYA,
TU SAVAIS
BOBOM
QU'IL A UN GRAIN DE BEAUTÉ, JUSTE ICI ?
HA HA !
NON ? TU SAIS PAS ?
SI TU LE TOUCHES LÀ PENDANT QUE TU LE BAISES,
FUIP

ARRÊTE...
TOILETTES
DE PENSER À ÇA.
CLAC
Argh !
OHNO !
JE VAIS ALLER DE L'AUTRE CÔTÉ.
TAP
Je le sens mal...
HA HA !
T'AS DES COMPLEXES ?
EH, MAIS T'ES BIEN MONTÉ, EN FAIT !
FIXE
TCHAC TCHAC
MERCI...

Arrête, je vais mourir !
Hein ? J'ai encore rien fait.
AH !
OHNO ! VOUS EN ÊTES OÙ, EN LITTÉRATURE, DANS TA CLASSE ?
POF
DEMAIN, JE...
Ah !
HEIN ?! C'EST TOI, ASADA ?
BEN OUI, C'EST MOI.
??
Tu vas au club, là ?
Ouais.
J'AI CRU QUE C'ÉTAIT OHNO ! DE DOS, VOUS VOUS RESSEMBLEZ VACHEMENT.
Pardon !
Est-ce que c'est parce qu'on se ressemble que...
NON, IMPOSSIBLE.-

CLAC
TIENS, de l'eau.
MERCI !
GLOUP
BISOU
JE VAIS ALLER FAIRE COULER L'EAU POUR LE BAIN.
FLOUP
FLOUP
MES PARENTS NE RENTRENT PAS, AUJOURD'HUI.
TU VEUX PASSER LA NUIT CHEZ MOI ? ON POURRA DORMIR ENSEMBLE.
.....
OK.

ROUGIT
OUAH... SÉRIEUX...
TU ME DONNES ENVIE DE LE FAIRE, ENCORE ET ENCORE...
PAS DE PROBLÈME.
GNAP
AAAAH ! SÉRIEUSE-MENT ?!
J'AI ENVIE D'Y ALLER DOUCEMENT
MAIS SI TU M'EXCITES TROP, JE NE VAIS PAS Y ARRIVER.
MH...
OK, JE LA METS...
MMH.

HEIN ?
AH...
C'EST UNE BLAGUE ?
FRISSOOON
GLOUPS
FLOUP
HI
HI
!!!
ROUGIIIIT

MERCI D'ÊTRE VENU AVEC MOI AUJOURD'HUI.
ÇA M'A FAIT SUPER PLAISIR.
BISOU
MOI AUSSI, ÇA M'A FAIT PLAISIR.
ROUGIT
AH...
ATTENDS,
SCHRIC
JE VAIS TE LE METTRE.

IL AVAIT L'AIR CONTENT...
AAH, JE L'AIME TROP !
FUIP
C'EST QUOI, ÇA ?
Même si Nimiya-kun aime quelqu'un d'autre, même s'il choisit quelqu'un d'autre,
J'AI ENVIE DE PLEURER...
il reste la personne la plus importante pour moi.

MERCI.
AH...
JE...
JE VAIS ALLER REGARDER DANS CE RAYON-LÀ !
OK.

EUH...
*Librairie
JE VIENS SOUVENT DANS CETTE LIBRAIRIE.
JE ME DISAIS QUE TU L'AIMERAIS PEUT-ÊTRE,
TOI AUSSI...
ELLE EST TOUTE PETITE MAIS IL Y A BEAUCOUP DE BONS LIVRES.
QUAND JE VIENS ICI, C'EST COMME UNE CHASSE AU TRÉSOR, J'ADORE ÇA.
TU EMMÈNES SOUVENT TES AMIS ICI ?
NON, TU ES LE PREMIER À QUI JE PARLE DE CET ENDROIT.
Hein ?
JE VOIS...

PEUT-ÊTRE QU'IL SORT AVEC PLUSIEURS PERSONNES EN MÊME TEMPS, COMME HOTARU…
En fait, je ne sais rien de Nimiya-kun.
COMBIEN DE TEMPS ENCORE
EST-CE QU'IL ACCEPTERA DE SORTIR AVEC MOI ?
Librairie
ICI ?

Ça va mieux, votre hanche, sensei ?
Oui, merci !
IL L'AIDE À PORTER LES LIVRES...
je me rends compte que c'est quelqu'un d'incroyablement gentil.
JE ME DEMANDE SI NIMIYA-KUN EST VRAIMENT AMOUREUX D'OHNO.
FLOUP
IL AVAIT L'AIR, EN TOUT CAS.
IL N'A JAMAIS FAIT CETTE TÊTE-LÀ QUAND IL ÉTAIT AVEC MOI.

Quand j'arrête de le voir comme « Hotaru »
et que je le vois comme « Nimiya-kun »,

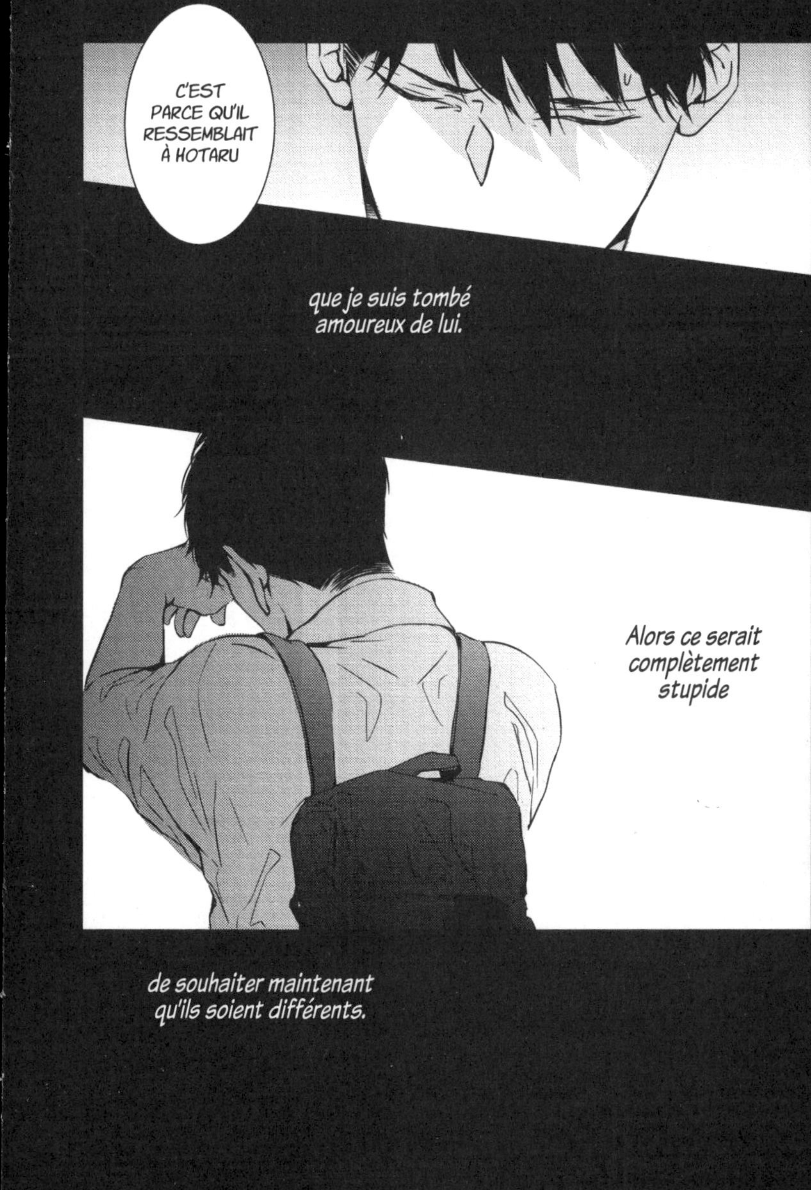
C'EST PARCE QU'IL RESSEMBLAIT À HOTARU
que je suis tombé amoureux de lui.
Alors ce serait complètement stupide
de souhaiter maintenant qu'ils soient différents.

Alors, pour
ça aussi,
il ressemble
à Hotaru.
IL A DES SENTIMENTS POUR UN CAMARADE DE CLASSE
MAIS CE N'EST PAS MOI.
C'EST POUR ÇA QU'IL M'A EMBRASSÉ.

Ha...
JE VOIS...

BOBOM

BYE !
AH...
J'AI OUBLIÉ DE LUI DONNER LES PETITS GÂTEAUX.
Hotaru les adore,
alors Nimiya-kun les aimera sûrement aussi.
IL EST ENCORE DANS LE COIN ?
Ah, le voilà !
NIMIYA-KUN...
YUU !
YUU ?
AH, C'EST OHNO ?
POURQUOI EST-CE QU'ILS SE DONNENT RENDEZ-VOUS EN VILLE
ALORS QU'ILS PEUVENT SE VOIR À L'ÉCOLE ?

.....
OUI...
DEMAIN,
ON POURRA LE FAIRE PLEIN DE FOIS.
BISOU
!
OK...
Il est vraiment trop sexy !

MEN
TIRE
AH !
QU'EST-CE QUE TU FAIS ?!
CLAC !
NIMIYA-KUN, TU N'AS VRAIMENT PAS FROID AUX YEUX !
Je ne m'attendais pas à ça.
GRIMPE
OUI,
MAIS
C'EST JUSTEMENT CE QUI TE PLAÎT, PAS VRAI ?

OUF...
JE VOIS.
EUH...
Mh ?
J'AI MAL ENTENDU OU IL A VRAIMENT DIT « OUF » ?
BON, JE VAIS RENTRER.
QUOI ? TU NE VIENS PAS CHEZ MOI, AUJOURD'HUI ?
TU AS ENVIE DE CUL, C'EST ÇA ?
NON !
ROUGIT
ENFIN, OUI, AUSSI...
MAIS J'AI SURTOUT ENVIE
DE PASSER DU TEMPS AVEC TOI, NIMIYA-KUN.
MARMONNE

PER
PLAST
PUSH
Donne, je vais le jeter.
Merci.
CLAC
OHNO ?
Quoi ?
QU'EST-CE QUE TU VEUX SAVOIR DE LUI ?
HEIN ? EUH... BEN... VOUS VOUS ENTENDEZ BIEN ?
.....
CLAC
TU AS DÉJÀ DISCUTÉ AVEC OHNO, ASADA ?
...
HEIN ? NON, JAMAIS.
MAIS JE VOUS AI VUS ENSEMBLE AUJOURD'HUI, ÇA M'A INTRIGUÉ.

Hein ?
CE TYPE,
C'EST OHNO, C'EST ÇA ?

TROP BIZARRE.
AH !
NIMIYA-KUN !
IL A COURS D'EPS ?
Il porte ses vêtements de sport !
JE SUIS SÛR QUE NIMIYA-KUN DÉTESTE LE SPORT.
Hotaru est nulle en sport aussi.
FUIP

Salle d'étude
TADAM
Le coin est abîmé...
MON LIVRE...
HAA...
DIRE QUE J'EN PRENAIS TELLEMENT SOIN !
C'est paradoxal.
J'ÉTAIS CONTENT QU'IL ME RENDE MON BAISER
MAIS J'AVAIS PRESQUE ENVIE QU'IL ME REJETTE.

va sans doute me
repousser aussi.

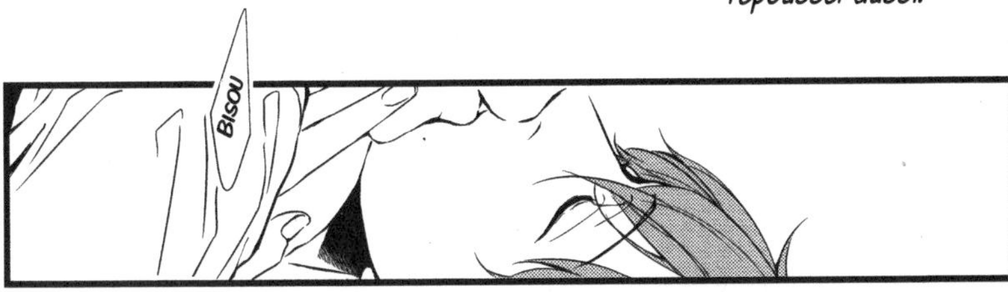

C'était la
première différence
entre elle et lui.

LA RAISON POUR LAQUELLE
ELLE N'A PAS VOULU QU'IL L'EMBRASSE,
Elle
c'était parce qu'elle l'aimait vraiment.
NIMIYA-KUN...

.....
ROUGIT...
AH...
OUAH...
BOBOM
HOTARU
ÉTAIT AMOUREUSE DE SON CAMARADE DE CLASSE
CLAC
CLAC
mais pour la première fois de sa vie, elle a refusé son baiser.

Ouah... Il fait déjà nuit !
OH...
LA LUNE SE REFLÈTE DANS SON REGARD...
FUIP
C'EST JOLI !
FUIP
?!

IL M'A MIS ÇA POUR QUE JE N'AIE PAS FROID...
Dans le livre, Hotaru se retrouvait enfermée dans une pièce par ses camarades qui la harcelaient.
Quelqu'un de sa classe venait la délivrer.
Elle pleurait dans ses bras et finissait par s'endormir, épuisée.
Quand elle se réveillait,
leurs lèvres se frôlaient.
Et pour la première fois de sa vie...
DING DONG !
L'école va bientôt fermer.
Merci à tous les élèves de sortir.
SURSAUTE
Mince
NIMIYA-KUN, RÉVEILLE-TOI.
L'ÉCOLE VA FERMER !
Il vient d'y avoir une annonce.
J... JE ME SUIS ENDORMI...
Pardon...
MOI AUSSI !
Ha há há

ATCHOUM !
......
J'AI DORMI SUPER LONGTEMPS !
Ouaah !
Il fait déjà nuit ?!
NIMIYA-KUN EST LÀ.
zzz
IL A ATTENDU EXPRÈS QUE JE ME RÉVEILLE ?
Trop chou !
IL Y AVAIT UNE SCÈNE DE CE GENRE DANS LE LIVRE AUSSI.
QU'EST-CE QUI SE PASSAIT ENSUITE ?

Bibliothèque
CLAC
Asada
Bonne nuit
21 septembre
Je t'attends à la bibliothèque, Nimiya-kun :)
POUF
すとん
ZZZZ
IL DORT...

T'ES TROP MIGNON, ASADA.
ROUGIT...
ÇA ME DONNE ENVIE DE COUCHER AVEC TOI.
TU VEUX BIEN ?
SLURP
OUAH...
C'EST HOTARU TOUT CRACHÉ.
Trop bien...

HEIN ? EUH...
JE NE PEUX PAS LUI DIRE QUE C'EST
PARCE QUE SES GOÛTS RESSEMBLENT À CEUX DE HOTARU.
P... PARCE QUE JE T'AIME...
AH !
まっ
ROUGIT
POURQUOI JE DIS ÇA ? C'EST PAS DU TOUT POUR ÇA !
FIIIXE
じっ
Il n'arrête pas de me regarder !
MAIS BON, LUI DIRE QUE JE L'AIME, CE N'EST PAS VRAIMENT UN MENSONGE...
J'AI HONTE.

C'EST À LA PÊCHE !
Trop bon.
HI HI
EH OUI !
JE ME DEMANDAIS SI TU AIMAIS LA PÊCHE...
PAR CONTRE, TU N'AIMES PAS LE CHOCOLAT AU GOÛT DE CAFÉ,
NI LE BŒUF ! MAIS TU AIMES LE LAIT.
Ensuite...
BEN, OUI...
C'EST VRAI ?! TANT MIEUX !
Yay !
ET TU AIMES AUSSI LES PARFAITS AUX FRAISES, NON ?
.....
COMMENT ÇA SE FAIT QUE TU EN SACHES AUTANT SUR MOI ?
!!!

open:11
close:20
GOOD
CAFE
Bienvenue !
Désolée pour l'attente !
VOICI VOTRE TARTE DELUXE !
GLING
GLING
JE VOUS SOUHAITE UN BON APPÉTIT !
Aah...
EUH... JE N'AIME PAS TROP LA POMME...
Pardon...
JE M'EN DOUTAIS !!!
HA HA !
MAIS GOÛTE QUAND MÊME.
HEIN ? MAIS...
ALLEZ, S'IL TE PLAÎT !
Ok ?
......
MIOM
OH !

Hotaru-kun.
C'EST LUI, LÀ-BAS.
Hein ?!
C'EST UN TYPE DE NOTRE ÉCOLE ?!
AAH... IL EST TROP LOIN, JE VOIS PAS SON VISAGE.
TIENS ? C'EST PAS OHNO, AVEC LUI ?
LE TYPE AUX CHEVEUX NOIRS DERRIÈRE LUI. ON ÉTAIT DANS LE MÊME COLLÈGE.
OHNO ?
AH...
ALORS, TON « HOTARU », C'EST L'AUTRE ? CELUI AUX CHEVEUX ROSES ?
JE NE VOIS PAS BIEN MAIS ÇA A TOUT À FAIT L'AIR D'ÊTRE TON TYPE.
Ouah
OUAIS, HEIN ?!
Oh, ça va.
TON OBSESSION POUR HOTARU ME LAISSE SANS VOIX.
......
ALORS C'EST LUI, « HOTARU » ?

TOUT CONTENT
Happy
......
MIOM MIOM
ON DIRAIT QUE ÇA SE PASSE BIEN AVEC « HOTARU »...
Hé hé
ÇA SE PASSE SUPER BIEN !
IL LUI RESSEMBLE TROP ! IL EST TROP MIGNON !
Happy !
LA FERME !!!
PAF
AÏE !
JE SAIS QUE T'ES DANS LE CLUB DE FOOT MAIS C'EST PAS UNE RAISON POUR ME DONNER DES COUPS DE PIED !
ET DONC, C'EST QUI, CE « HOTARU » ?
Ah !
JE NE TE L'AVAIS PAS DIT ?
BEN...

Hotaru
mourra demain

BISOU
HAAA
HAAA
J'EN AI LÂCHÉ UN PAQUET
PLIC
FLOUP
NH...
ET MALGRÉ TOUT,
J'AI ENCORE ENVIE DE LE FAIRE...

HAAA...
PAF
PAF
AH !
PAF
AH...
PAF
PAF
HAAA...
NNNH...
HAA...
N... NIMIYA-KUN...
PAF
PAF
HHH...

MERCI.

NIMIYA,
JE NE PEUX PAS CAUTIONNER ÇA.
JE SAIS...
JE SUIS INQUIET POUR TOI.
TU SAIS BIEN QUE...
OUI, JE SAIS.

TIENS, LA MARQUE DE JUS DE FRUITS QUE TU AIMES TANT A SORTI UNE NOUVELLE SAVEUR.
AH, MERCI.
Goût matcha !
QU'EST-CE QUE TU AS, DANS LE COU ?
NE ME DIS PAS QUE C'EST ASADA QUI T'A FAIT ÇA ?
SI...
ON SORT ENSEMBLE.
AH...
JE VOIS.
OUI...

Il a dit exactement la phrase que répète sans cesse Hotaru dans le livre.

Alors je l'ai pris, encore et encore.

NH...
PAF
PAF
AH...
HAA...
HAA...
NON...
CE QUE JE FAIS LÀ, C'EST JUSTE CRUEL !
HAA...
NHH...
HAA...
HAA...
HH...
HHH...
MAIS JE NE PEUX PAS ARRÊTER...
FLOUP
JE SUIS DÉSOLÉ, NIMIYA-KUN,
JE SAIS QUE J'Y VAIS TROP FORT...
PLIC
JE N'ARRIVE PAS À M'ARRÊTER.
PLIC
JE VAIS ÉJACULER À L'EXTÉRIEUR ET...
C'EST AGRÉABLE D'ÊTRE À L'INTÉRIEUR DE MOI ?
OUI.

Il faut que j'arrête. Hotaru n'existe pas. Elle n'existe pas !
Nimiya-kun est différent. En plus, c'est un garçon.
Mais...
Non, non ! Elle n'existe pas !
HAA...
BISOU
BISOU
HAA...
HAA...
HAA...
HOTARU N'EXISTE PAS.
HAA...
Elle n'existe pas !
HAA...
HAA...

JE VAIS TE LAISSER CHOISIR.
BOBOM
PLAF
SI TU VEUX COUCHER AVEC MOI,
BOBOM
EMBRASSE-MOI.
BOBOM
BOBOM
C'EST UNE BLAGUE ?
BOBOM
BISOU
Ce n'est pas un choix, ça.
BOBOM
BOBOM

CRIIC
JE NE PEUX PAS LE REGARDER.
OUAH ! C'EST QUOI, ÇA ?!
SURSAUTE
HEIN ?!
QU...
ETOURNE
JE T'AI EU.
ON COUCHE ENSEMBLE ?
FLOUP
HEIN ?
TIRE
HEIN ?!
OUAH...
ATTENDS !
NIMIYA-KUN...

FSCHHHH
.....
DÉSOLÉ !
POURQUOI TU T'EXCUSES ?
EUH... POUR RIEN...
Tiens.
Merci.
BOBOM
BOBOM
JE VIENS DE ME DIRE QUE JE POURRAIS CARRÉMENT COUCHER AVEC LUI...

J'AI...
LE CŒUR QUI BAT À TOUTE ALLURE.
Quand j'y pense, il y avait une scène similaire dans le livre aussi.
Une averse soudaine,
une salle de classe vide.
Elle était avec un ami qu'elle aimait en secret
et ensuite...
TCHAC
ARRÊTE DE PENSER À ÇA, IDIOT.
NIMIYA-KUN, J'AI RAMENÉ DES SERVIETTES...
D'ACCORD.

FSCHHHH
CLAC !
QUELLE AVERSE !
OUI...
TU PEUX MONTER À L'ÉTAGE.
JE VAIS CHERCHER DES SERVIETTES.
OK...
MA CHAMBRE EST AU BOUT DU COULOIR.
D'ACCORD.
HEIN ?!
.....
Il veut m'appartenir ???
QU'EST-CE QUE ÇA VOULAIT DIRE, TOUT À L'HEURE ?
Il m'a touché la main !
NON, NON, NON... IL A BEAU AVOIR LA MÊME APPARENCE ET LE MÊME CARACTÈRE QUE HOTARU,
ÇA RESTE UN GARÇON !
Enfin, je l'ai embrassé, mais bon...
Vraiment désolé...

IL A VRAIMENT LE MÊME CARACTÈRE QU'ELLE...
POUR LE BAISER... JE TE PARDONNE.
MAIS...
TU AS DIT QUE TU VOULAIS QUE JE T'APPARTIENNE
ET ÇA, JE NE COMPTE PAS L'OUBLIER.
TU ME PLAIS, ASADA.

AAAH...
IL VA ME TROUVER PITOYABLE...
PFFFT !
C'EST POUR ÇA QUE TU M'AS EMBRASSÉ ALORS QUE JE SUIS UN MEC ?
T'ES PAS BIEN DANS TA TÊTE, TOI ! TU ME FAIS DE LA PEINE, SÉRIEUX !
T'es bizarre !
HA HA HA HA
.....
C'EST DINGUE QUE TU SOIS À CE POINT AMOUREUX D'ELLE !
HA HA HA

NIMIYA-KUN... TU NE TOURNES PAS AUTOUR DU POT, TOI.
Tiens.
Merci.
ET C'EST LE MEC QUI M'EMBRASSE SANS PRÉVENIR QUI DIT ÇA ?
JE... JE SUIS VRAIMENT DÉSOLÉ !!!
Tu ne m'as pas repoussé non plus...
ET VOUS VOUS RESSEMBLEZ BEAUCOUP,
TOI ET ELLE.
Les mêmes cheveux roses, etc...
EN FAIT,
JE SUIS AMOUREUX DE QUELQU'UN.
MAIS...
C'EST QUELQU'UN DE COMPLÈTEMENT HORS D'ATTEINTE.
ALORS QUAND JE T'AI VU, NIMIYA-KUN, ÇA M'A SURPRIS.
ELLE EST HORS D'ATTEINTE MAIS TU L'AIMES QUAND MÊME ?
OUI... JE SAIS TRÈS BIEN QUE JE NE POURRAI JAMAIS L'APPROCHER, MAIS...
JE L'AIME QUAND MÊME.
JE CROIS.
JE SUIS DÉSOLÉ
DE T'AVOIR EMBRASSÉ.

AH...
VOUS PRENDREZ UN CAFÉ AU LAIT ET UN THÉ AU LAIT ?
OUI, VOILÀ.
ET AUSSI...
UNE PART DE CHEESECAKE, S'IL VOUS PLAÎT.
EUH...
ÇA, C'EST CE QU'AIME HOTARU.
Mince...
Ça fera 1300¥, s'il vous plaît.
DONNE TON ARGENT.
Je paie pas pour toi, hein.
AH...
OK.
TU AIMES LE CHEESECAKE ?
COMME HOTARU...
Oui.
MAIS SEULEMENT QUAND IL EST CUIT.
CLAC
EXACTEMENT COMME HOTARU...
HEIN ?
ASADA, TU ES AMOUREUX DE MOI ?
INSOUCIANT

menu
......
C'EST VRAIMENT HOTARU !
Il est trop beau...
DIS...
Regard...
BOBOM
QU'EST-CE QUE TU VEUX COMMANDER ?
HEIN ? EUH, UN CAFÉ AU LAIT POUR MOI ! ET TOI ? TU NE BOIS PAS DE CAFÉ, HEIN ?
MAIS TU AIMES LE THÉ AU LAIT, PAS VRAI ?
Ne me regarde pas... T'es trop mignon...

Haa...
C'EST ENCORE À CAUSE DE HOTARU ? T'ES PRÊT À SORTIR AVEC UN MEC PARCE QU'IL TE FAIT PENSER À HOTARU ?!
J'AVOUE QUE MOI AUSSI, ÇA M'A SURPRIS.
C'est flippant...
Je savais que t'allais dire ça...
ASADA, HOTARU...
N'EXISTE PAS.
JE SAIS QU'ELLE N'EXISTE PAS.
JE LE SAIS.
cafe

J'AI UN PETIT AMI.
MAIS TU VIENS PAS JUSTE DE ROMPRE AVEC...
Quoi ?
PARDON ?
Un petit ami ?
Ouaip, un petit ami.
J'AI UN PETIT AMI.
ARRÊTE TES CONNERIES !!!
AH... C'EST PAS SYMPA... Écoute-moi, au moins...
ALORS, LÀ, IL FAUT UTILISER LE PAST PERFECT...
JE COMPRENDS RIEN...
HAA...
JE PARLE PAS DE LA LEÇON D'ANGLAIS !
C'EST ARRIVÉ COMMENT ?!
Passe-moi ton dictionnaire.
Tiens, le voilà.
Pff...
JE L'AI EMBRASSÉ ET JE LUI AI FAIT UNE DÉCLARATION D'AMOUR.
ATTENDS, ATTENDS, TU VAS DÉJÀ TROP VITE, J'ARRIVE PAS À SUIVRE !
IL S'EST FROTTÉ LA BOUCHE APRÈS LE BAISER.
FROTTÉ LA BOUCHE ?!
ET IL A DIT « OK. »
« OK. » ?!
Je comprends vraiment rien !

.....
FUIP
JE...
FROTTE
FROTTE
JE SUIS DÉSOLÉ !!!
C'EST MA RÉPONSE À TA DÉCLARATION D'AMOUR.
OK.
FUIP
HEIN ?
OK.
Arrête de me frotter la bouche.

JE T'AIME.
JE VEUX QUE TU M'APPARTIENNES.

AH...
Des cheveux roses, des piercings rouges,
des yeux de chat,
un grain de beauté au creux de la bouche...
Je l'ai enfin rencontrée !
HOTARU...

LA BIBLIOTHÈQUE VA FERMER, TU SAIS ?

SURSAUTE

HÉ…
RÉVEILLE-TOI.
C'EST L'HEURE DE LA FERMETURE.
HÉ HOO !
POC
?!
AH…
Je me suis endormi…
FUIP
PARDON…

C'EST POUR ÇA QUE JE CHERCHE CONSTAMMENT À RETROUVER HOTARU CHEZ MES PETITES COPINES ?
C'EST AFFREUX.
Hotaru...
est morte.
GRIP
JE SUIS DÉSOLÉ
DE T'AVOIR FORCÉE À DIRE ÇA.

« Hotaru ».
C'est le personnage principal d'un livre que m'ont offert mes parents, qui sont souvent absents à cause de leur travail.
Elle a les cheveux roses, des piercings rouges aux oreilles,
des yeux de chat, un grain de beauté au coin de la bouche...
Les gens la traitent de traînée. Elle a couché avec un de ses professeurs de lycée
et à cause de ça, elle n'a plus beaucoup d'amis.
MAIS EN RÉALITÉ, ELLE SE SENT TERRIBLEMENT SEULE.
Comme moi.

HOTARU N'EXISTE PAS...
JE LE SAIS. JE LE SAIS TRÈS BIEN...
FLAP
Quand j'ouvre le livre,
à chaque fois,
Hotaru elle-même de la surprise. Malgré tout, ce n'était pour ça, dit-elle.
je tombe amoureux d'elle.
C'EST VRAIMENT...
PLUS FORT QUE MOI.

À CAUSE DE HOTARU ?
OUI.
DÉSOLÉ.
TU COMPTES CONTINUER COMME ÇA PENDANT LONGTEMPS ?
Haaa...
POURQUOI TU ME PRÉSENTES TES EXCUSES ?
HOTARU N'EXISTE PAS.

Salut !
Ça fait un bail !
Tu t'es coupé les cheveux ?
Ça te va bien !
T'as fait quoi cet été ?
J'ai travaillé tout le temps...
Ah ouais ?- Tu vas pouvoir m'inviter à manger, alors !
ASADA !
C'EST PAS VRAI,
T'ES ENCORE EN TRAIN DE LIRE CE LIVRE ?
POF
TU VAS TE FAIRE JETER PAR TA COPINE, SI TU CONTINUES !
AH...
EN FAIT, JE ME SUIS DÉJÀ FAIT JETER.
SÉRIEUX ?!
ENCORE ?!
Nooon !

Hotaru
mourra demain

HÉ…
JE VOUDRAIS QU'ON SE SÉPARE.
QUOI ?
POURQ…
HOTARU EST MORTE.
ELLE EST MORTE.